歌う歓び、生きるよろこび

バルバラへのオマージュ

増補版 千葉 美月 訳詞集

バルバラに捧げる歌

バルバラ　あなたは私の光
バルバラ　あなたは私の祈り
でも今あなたは旅立ちいない
あなたのいない今心に風が

あなたの歌を私は歌う
あなたの歌をみんなが歌う
赤いバラをたくさん咲かせてみたいの
あなたに捧げるバルバラ　バルバラ

バルバラあなたは私の光
バルバラあなたは私の祈り
私は生きるあなたの歌と
私は生きるあなたと永遠に

眠れバルバラ　心安らかに
眠れバルバラ　バルバラ　バルバラ
私は歌い続ける　あなたの歌を
心を込めてバルバラ　バルバラ

作　詞　千葉美月
作　曲　豊島裕子

千葉美月バルバラ訳詞集発刊に寄せて

私の手元にあった『千葉美月訳詞バルバラ六十集』（2004 年 11 月 1 日発行、日本音楽著作権協会許諾第 0414290-401 号）の最後の一冊を、今年（2016 年）の 4 月にバルバラ店に来店したフランスからのお客様に贈呈しました。彼女は来年（2017 年）10 月バルバラ没 20 周年を記してバルバラの展示会をパリで催す予定だそうです。こうして『バルバラ六十集』の在庫がすっかりなくなってしまったことで、私はその後少し焦燥感を感じていました。この度、装いも新たに『バルバラへのオマージュ　増補版千葉美月訳詞集』をみなさまにお届けすることができ、たいへんうれしく思います。

私とバルバラとの出会いは、今から 25 年前にシャンソン界の大御所、堀内環さんの門をたたいたことに由来します。先生の「君、持っている時間をすべてシャンソンに捧げたまえ」の一言に、素直な私はそうしようと心に誓いました。

先生の歌う「黒い鷲」に魅せられ私も挑戦しましたが、訳詞者には申し訳ないのですが、とても歌いづらいのです。また留学先のパリで息子が求め持ち帰ったバルバラのＣＤ全集（全 13 巻）を聴くと日本に紹介されていない素晴らしい曲がたくさんあり、私はこれからの人生をバルバラの訳詞をすることに捧げようと決意しました。

とあるシャンソニエへ今は亡き永田文夫先生を訪ねて、プロとアマの訳詞の違いをご教示いただいたことがあります。後日永田先生が私の訳詞をたいへんほめて下さったと伺い、とてもうれしく思いました。永田先生は今年（2016 年）5 月 12 日、ご自身のシャンソン人生・訳詩家人生の集大成となる訳詩

集『シャンソン・カンツォーネ・ラテン　増補版永田文夫訳詩集』の完成を見、その翌朝に亡くなったとのこと。天国でも満足げに微笑んでいることでしょう。

シャンソンはフランスからの贈り物と思い、本場フランスからシャンソン歌手を招聘して私が 2004 年から開催してきたコンサート（ヌーヴォー巴里祭）も、その役目は終焉を迎えました。これからの私の使命はバルバラの歌を広めていくことにあると思います。

バルバラは未完の回想記『一台の黒いピアノ』の中でこう語っています。

時々生きていることが恥ずかしくなります。世の中のことを考えないではいられません。私は署名運動にも加わらないし、行動に出たりもしません。私の反抗は歌には出て来ません。けれども世界にはいつも注意を払っています。（千葉美月訳）

また 1967 年「我が麗しき恋物語 Ma plus belle histoire d'amour」の最終節ではこう語ってます。

分かり合えるから言葉はいらない　心も満たされて　これまでの旅路に別れを告げる日がついにやってきたわ。愛の物語を聞いてくれたのね。本当にありがとう　今の幸せをもう放さないわ　二度となくしたりしない　この物語はこれで終ります　それはあなた方への愛（千葉美月訳）

バルバラを愛し歌ってくださるみなさま、そしてその歌を聴いてくださるみなさまに、心より感謝申し上げます。

2016 年（平成 28 年）11 月吉日

千葉美月

CONTENTS

脱　帽

神の技か　悪魔の技か　心には　陽が差して
美しい秋の空が　水に写り　揺れているのは
神の技か　悪魔の技か　海原を　船は走り
風とたわむれ　しぶきを上げ　まっしぐらに　進むのは
神の技か　それとも　悪魔か　この良き朝を　作りたまいしは
どちらのせいかは　言えないけれどもあまりの美しさに
メルシ　シャポー・バ

神の技か　悪魔の技か　バラは何故咲くのでしょう
乙女達は　熱い思いを　赤いバラに　寄せるのは
果物に　リラの花よ　子供等の　笑い顔よ
白いスカートの　二十歳（ハタチ）の娘の　その若さが　目にまぶしい
神の技か　それとも　悪魔か
この良き春を　作りたまいしは
どちらのせいかは　言えないけれどもあまりの美しさに
メルシ　シャポー・バ

船は進み　バラは咲くよ　この美しい　送り主が
たとえわからなくても　ともに喜びを分かちあおう
神の技か　それとも　悪魔か
どちらのせいかは　言えないけれども
いつか二人は　同じ道に立ち　歩き始めてた
メルシ　シャポー・バ
二人の愛に
メルシ　シャポー・バ

リラの季節

リラが咲く季節は　バラも咲く頃なの
恋の誓いも　永遠にと願うの
彼は行き先も言わずに
黙って行ったわ
戻ってほしいの　リラの季節に

微笑みかわし　恋を夢みてたのに
悲しい別れが　訪れるなんて
日差しを浴び踊ったわ
甘いワルツに酔ったわ
真っ赤な果物を　夢中で頬ばったわ

リラが咲く季節は　バラも咲く頃なの
恋の誓いも　永遠にと願うの
彼は行き先も言わずに
黙って行ったわ
想い出残して　リラの季節に

日曜　月曜　昼も夜も燃えたわ
恋に身を焦がして　炎となったの
ある日けんかをして
リラもバラも枯れ
二人の恋に　終りが来たの

静かに時は流れて　バラは咲き誇る
戻すには遅すぎる　リラの季節に
彼は行き先も言わず
さよならもせずに
はかなく散った恋　リラの季節に

ゆらゆら　ゆれて
ブラブラ　歩いていけ
フラフラ　さまよって
一晩中　楽しんでいなさい

リラが咲く季節は　バラが咲く頃なの
恋の誓いも　永遠にと願うの

彼のことは忘れましょう
行きずりの人よ
想い出を抱きしめて　リラの季節の
想い出を抱きしめて　リラの季節の

ラララララララ　ラララララララ
ラララララララ　ラーラー
ラララララララ　ラーラー
リラの季節よ

いつ帰ってくるの

あなたが行って　なんと長い　月日がたった　ことでしょう
春になれば　きっと帰ると　言い残して　旅に出たわ
待ちに待った　今はもう春　愛を語る　季節なのよ
花の匂う　パリの街を　二人そろって　歩きましょう

　　ねぇ　いつ帰るの　ねぇ　わかつてるのね
　　過ぎた時は　戻せないわ　失くした日も　帰らないわ

春は遠く　去って行った　枯れ葉は散り　火も燃やすわ
秋の終りは　とてもいいと　わかつてるけど　もう限界なの
今の私は　抜(ぬ)け殻(がら)なの　まるで無夢病者(むゆうびょうしゃ)のよう
身も心も　あなたのもの　恋の病に　かかってるわ

　　ねぇ　いつ返るの　ねぇ　わかってるのね
　　過ぎた時は　戻せないわ　失くした日も　帰らないわ

あなただけを　愛してたい　でも無理なの　もう待てないわ
二人の愛は　想い出とし　そっと胸に　しまいましょう
私を待つ　道を探し　また再び　歩き出すわ
待ち続ける　女なんか　もうごめんだわ　サヨウナラよ

ねぇ　いつ返るの　ねぇ　わかってるのね
過ぎた時は　戻せないわ　失くした日も　帰らないわ
帰らないわ　帰らないわ

ナント

ナントの街は涙雨　心の中も涙雨

あれからどのくらい　経ったのでしょう
あの日もこんな　曇り空だった
思いがけない　突然の知らせに
急いで飛び乗った　ナント行きの汽車
　グラジュオル 25　イソギオイデコウ
　イマワノキワニ　セツニマツヒトアリ

　　家を出たきり　音沙汰もなくて
　　いつしか記憶も　薄れかけていた
　　握りしめた電報　胸が苦しい
　　激しい思いが　こみ上げてくる
　　待ってて下さい　私が着くまで
　　お話ししたいことが
　　山ほどあるのです

目を凝らしてみた　薄明かりの下
あの部屋の事は　きっと忘れない
脊を向けた喪服の　３人の男と
椅子にもたれている　青白い男
ひと目で判った　もう遅すぎたことを
別れの言葉もなく　あなたは召されていた

別れのあの朝　幼い私の

手を取り抱きしめ　頬摺りをした

せめてこのことは

言っておきたかった

「愛しているのよ」

でも　もう　さよなら

海を見下ろす　バラの花香る

あなたの最後の家　安らかに眠る

お父様　お父様

ナントの街は涙雨　心の中も涙雨

今　朝

朝の森へ入ったわ　あなたのために
摘みたてのいちごを　あなたのために

まだお休みしててね　夜明け前よ
まだお休みしててね　愛のベッドで

想い出の小道を　歩いてみたの
口づけをかわした　二人の森の

露は雫となって　庭のバラに
干し草の匂いが好き　夜明け前の

森の散歩をしたわ　ララ　ラララ　ララー
狼は出なかった　ララ　ラララ　ララー

あなたが起きる前に　帰らないと
近道をしてゆくわ　ほら！着いたわ

朝の森へ入ったわ　ボンジュール・モナムール・ボンジュール
つみたてのいちごを　あなたのために　あなたのために

ピエール

ラララーラララーララララララララーララララララーララ　　雨
ラララーラララーララララララララーララララララーララ　　雨が

暮れ行く夜に　土を叩(たた)くように　バラも散らす　雨よ
庭はにわか池　さざ波が揺れて　楽しくするわ　雨は
薪を運ぶのと　屋根を直すの　彼に頼まなくては
冬のしたくも　しておかなくては　そうよ

ラララーラララーララララララララーララララララーララ　アー　ピエール
ラララーラララーララララララララーララララララーララ　モン　ピエール

まどろみ破る　つんざく鳥の声　帰らない　あなた
田舎の夜は　闇に包まれ　すべてを隠すわ　深く

干草と土の　においが好きよ　帰ってきたの　あなた

ラララーラララーララララララララーララララララーララ　アー　ピエール
ラララーラララーララララララララーララララララーララ　モン　ピエール
ラーラーラーラララーラーラーララーララー
ラララーラララーラララーラララー

死に逝く時は

命に限りがあるというなら
待つのはいやだ　若さがあるうちに
若さがあるうちに
老いた姿は　さらしたくない
逝くなら早く　美しいうちに
美しいうちに
死に急ぐなと　言うのはやめて
輝く未来が　待ってるだなんて

秋の山の　照る日曇る日
海も庭も　この目でみたわ
この目でみたわ
肌に触れる手のぬくもりも
バラの薫（かお）りも　全て知っている
全て知っている
なんと言うことだ　死を恐れずに
戦（いくさ）が好きな　男がいるなんて

天の国に召されし後は　どんな理由（わけ）も
意味などないわ　意味などないわ
戦（いくさ）の弾（たま）で　命果てても
人生の戦（いくさ）に　負けてはいけない
負けてはいけない
困ったときは　お互い様よ
愛の手助け　喜びでしましょう

他人（ひと）の助けは　当てにしないで
自分自身　強くなるのだ
強くなるのだ
明日は舟も　岸を離れて
あの世を目指し　漕ぎ出すだろう
漕ぎ出すだろう
命に限りがあるというなら
待つのはいやだ　若くて逝きたいの

美しい時代

二十歳（はたち）に満たぬ　彼だけど
ハンサムぶりは　秀（ひい）でてた
世間の垢（あか）に　まみれていない
彼の笑顔は　最高なの

天使のように　はにかんで
私に話し　かけてきた
子供と家族が　大好きだけど
ボール遊びは　卒業なの

二十歳に満たぬ　彼の肌
何度も重ね　キスをした
良からぬ想像　煽（あお）ぎながら
絵本を読んで　あげました

日毎夜毎に　愛し合った
二人の愛は　本物よ
でも初恋は　実らぬものね
彼の若さに　負けました

二十歳に満たぬ　彼女なの
美しさは　秀でてた
それは二十歳の　美しい時代

サンタマンの森で

一本の木がある　サンタマンの森に
かくれんぼをしましょう　あなたはかぞえてね
鳩が飛んでいる　サンタマンの森に
ふたりは遊ぶよ遊ぶよ　鳩は風に乗って

鳥が飛んでいるわ　あら！ 春が来たのね
十五の夢見たの　サンタマンの森で
あなたは木の蔭でそっと抱いたわね
草むらで飛び散ったふたりの夢も

でもある日サンタマンの森にいなかった
学校を離れ旅に出た　風に乗って
ただいま　私の木　おむかえありがとう
お前は呼び戻すの　子供の頃を

最後はそっと木の蔭で休みたいわ
私の永遠の住みかは木蔭なの
静かに眠らせて　サンタマンの森で
一本の樹がある　鳩が飛んで
私の心も飛んでゆくわ

愛してると言えなくて

愛してるって言えない　言えない言えない
どうしても言えない　愛してるって言えない
今迄何気なく　何度も言ってたけど
今日こそ言うわね　でも駄目言えない
歌で言いますから　真剣に聞いてね

ラ　ラララーララーララー　　ラララララー

喜びも悲しみも　共に感じていたい
お望みのことは　何でもするわ
いつでも　こんなに愛しているのに
どうしても愛してるって　言えない言えない
だから聞いてほしいの　歌でなら言えるわ

大好きよあなたの　口づけ
あなたの目　微笑み　その声
長い手　足音
あなたの腕に抱かれ　幸せに震えてる
でも愛してるって　言えない言えない
易しいことなのに　どうしても言えない
でもそう言ったなら　私を笑うでしょうねぇ

そんなに見ないで　愛しているのよ
ピアノをひくわね　聞いててね　見ててね

言えない　わからない
ラララーララーラララー
恥ずかしいの
ラ　ララ　ラーララ　ラーラララ
ラーラー　ラーララーラーラララー
ジュ　テイム　ジュ　ティム　ジュ　テイム

リオン駅

聞かせてよ　愛の言葉を　パリの雨は　ふさぎの虫
セーヌ河は　黒くよどみ　心模様は　写せないわ

雨降りの　庭先で　むつ言(ごと)は　似合わないわ
旅に出ましょう　行き先は　カプリ島か　ベニスよ

待ち合わせの　約束は　リオン駅の　時計台よ
汽車に乗り　カプリへ行くわ　美しい島　カプリ島へ

さあイタリアへ　行きましょう　懐かしい　歌にのり
愛の言葉を　ささやいてね　恋に落ちるの　カプリ島で

パリよパリ　オ・ルボワール　エ　メルシー　電話なんか　いらないわ
太陽の下で　膚(はだ)を焼くの　ゴンドラに　身をゆらせ

明日(あした)には　ベニスだわ　舟歌を　歌うのよ
見つめあい　橋の下で　愛のささやき　かわすのよ

タクシー　行って　約束の　リオン駅の時計台へ
汽車に乗り　カプリに行くわ　美しい島　カプリ島へ

懐かしい　歌にのり　街並を　後にする
夢見る人　ああロメオ　あなただけを　愛してるの
タクシー　行って　リオン駅まで

八月十五日　パリ

Paris 15 Août　　Paris 15 Août
おなじみのことなの　パリはもぬけのカラ
あなたもまた　スペインへ

予定はそのままで　子供のバカンスを
取り上げては駄目よ　行ってあげてスペインへ

想いは同じよ　あなたを愛してる
退屈なんでしょう　家族とのスペインは

いないわ　いないわ　愛し感じ合う人
太陽を夢見て　一緒にスペインへ

皆思ってるわ　禁じられた恋に
みじめさはつきもの
待ってるわ　スペインから

待ったわ　待ったわ　どうぞお幸せに
心配は要りません　明日は一人イギリスへ

ゲッティンゲン

ここにはセーヌ河も　ヴァンサンの森もない
だけど美しい街　ア　ゲッティンゲン　ア　ゲッティンゲン
強い心を持ち　辛い顔は見せず
微笑み交わしあう　ア　ゲッティンゲン　ア　ゲッティンゲン
　　ここの人は誰も　決して忘れはしない
　　あの悲しみの歴史を　ア　ゲッティンゲン
　　おとぎ話の　ルーツはここに
　　あるのをご存じですか　ア　ゲッティンゲン

セーヌ河はなくても　この街のバラは　世界で一番
ア　ゲッティンゲン　ア　ゲッティンゲン
詩人の魂（こころ）を　胸の奥に秘めて
孤独も好きなの　ア　ゲッティンゲン　ア　ゲッティンゲン
　　うまく話せなくても　笑いながら答える
　　ブロンドの子供達　ア　ゲッティンゲン
　　少しのやんちゃは　目をつぶっていましょう
　　子供は一緒よ　パリもゲッティンゲンも

いくさはしないと　誓いをたて祈る　愛する人がいるの
ア　ゲッティンゲン　ア　ゲッティンゲン
平和の鐘を永久に　鳴らし続けていくの
わが愛する街　ア　ゲッティンゲン　ア　ゲッティンゲン
　　　ラ・ラ・ラ・ラ・ラ……
愛する人がいるの
ア　ゲッティンゲン　ア　ゲッティンゲン
平和の鐘を永久に　鳴らし続けていくの
わが愛する街　ブル　ゲッティンゲン　ブル　ゲッティンゲン

孤　独

ある晩家に帰ると　ドアの前にいたの
ぴったりと寄り添い　私から離れない
恋が終わったことに　気づいてお前は
そう　また　戻ってきたのね　私のそばに

仏頂面をして　目に隈をつくり
どん底まで落ちて　涙にあけくれる
悲しく目ざめる朝　わびしく長い夜
もう真夏のはずが　まるで冬みたい

粗末な服と　乱れた髪で
顔色は冴えなくて　美人にはほど遠い
憂鬱　悲しみ　どこへでも　出て行け
もう、イヤ、たくさんよ　さよならしたいわ

軽やかに歩きたい　春に酔いしれて
長い夜が好き　強く生きたい
たとえ　いつの日にか　召されるときでも
「まだ愛してます」と　言って死にたい

ドアにもたれて　私を見ている
お前はなんでも　知っているのね
素晴らしい詩人の　本も読んだけど
ヴェルレーヌの偽者は　お断りしたいわ

あの日からお前は　いつでもどこでも
ぴったりと寄り添い　私から離れない
優しく包み込んで　見守っているのね
そう　また　戻ってきたのね　私のそばに
La solitude　La solitude

トワ

来る日も　来る日も　夜も昼もなく
雨が降る日でさえ　あなたに愛された
これまでの中で　最高の人よ
以前のわたしはもういないわ　ジュテーム　ジュテーム

来る日も　来る日も　夜も昼もなく
美しく輝き　波となってあなたは　押し寄せて来たわ
優しくまさぐる　愛の手の中で　喜びにうちふるえ

来る日も　来る日も　夜も昼もなく
溺れ死んでいたわ
男を物ともせずに　生きてきたけれど
あなたの前では　裸の自分を　平気で出せてるの

処女の恥じらいを　覚えたあの朝
新しい自分が　そこにいたわ
ジュテーム　ララララララ　ラララララララ

九　月

夏の終わりはとてもいいわ　ぶどうの実はたわわになって
つばめ達は帰り仕度を　二人の愛は終わりなのね

美しい頃に　オ・ルボワール　美しい二十歳の夜に
タバコをくゆらせて　二人の愛も消え
美しい頃に　オ・ルボワール　美しい二十歳の夜に

花はすべて九月の色　木々の色も寂しげなの
別れを告げ出てゆく船　一人残されモナムール　またね

美しい　モナムール・オ・ルボワール
美しい二十歳の頃に　タバコをくゆらせて
再び会えるのは　春の夜となるでしょう　美しい別れの頃

五月の花は　とてもいいわ　ぶどうの実はたわわになり
あなたはまた　つばめたちと　戻るでしょう
モナムール　あしたは

自殺志願患者

かすかに予感は　あったけど　ある朝突然　やって来る
心の病に　おかされて　かなしばりにあったように　動けない
もう駄目なんだ　死にたいんだ　死にたくない　生きなければ

　　これからが二人の　戦いになるだろう
　　強い方の自分と　弱い自分の間で
　　本当の戦争なら　大変だけれど
　　一晩泣いたら　気が変わるかもしれない
　　もう駄目なんだ　死にたいんだ　死にたくない　生きなければ

世界のアメリカ　ローマ　ロンドン　ペキン
エジプト　アフリカ　サンマルタンなど
人は皆明日を信じて歩いている
でも心の病に　犯されてしまった

　　友が案じて　手を差しのべてくれるが
　　この病のことは　他人にはわからない
　　暗闇で手招きをしてる死に神よ
　　急いで払いのけて　求める明日への道
　　もう駄目なんだ　死にたいんだ　死にたくない　生きなければ

かすかに予感は　あったけど　ある朝突然　やって来る
心の病に　おかされて　かなしばりにあったように　動けない
生きる希望　生きる希望　オーオー　明日に　生きる希望

ラララーラララーララー　ラララー　ラララー　ラララー
生きる喜び

あなたに捧げるカンタータ

何故かカンタータが　懐かしい　いつでも二人で　ひいたのに
今日は一人で　ひき語りするの　亡き友を偲んで　シミラレソドファ
大好きな　カンタータ　ファソドファ
あなたのピアノは　素晴らしい
幸せを運ぶの　懐かしい歌は　一人じゃ駄目なのシミラレソドファ

天に召された　我が友よ　一人で寂しくファソドファ
微笑み浮かべて　こう言ったね　あなたは歌って　私はひくわ
シミラレシミラレ　シソドファ　シミラレシミラレ　シソドファ
うまくひけない　あなた無しでは　若くて召された　愛する友よ

懐かしいあの歌　ラーラララー　神への許しは　なくっても
天まで届けと　心を込めて　私はひきます　亡き友のため
シミラレシミラレ　シソドファ　シミラレシミラレ　シソドファ
天使が奏でる　懐かしい歌は　二人でひいた　あのカンタータ

天使が奏でる　懐かしい歌は　二人でひいた　あのカンタータ
あなたに捧げる　カンタータ　シミラレシミラレ　シサドファ

かわいい子

下心はないよ　と、巧みに装って　いつの間にか　彼は
居座っていたわ　ひざ枕で話す　子供の頃のこと
真面目そうな顔で　君はこわいんだ　と、あがめたてまつられ
歌でものせられ　また、他にももっと　いいところがあるの

決め所としては　月ごとの花束　存在をアピールし　心をとらえる
さも満足そうに　何でも平らげる　早く眠りにつく
幸せな朝を　キスしたり無視したり　歌は歌えない
悪さもたまにする　それでもかわいいわ

ある日　やめてたのに　タバコを始めた
急に嫌いになった　自業自得だわ
まだ愛してるけど　もはやこれまでよ
隣組の男　首をつっこんでくる　ドアを全て開け放す
歌どころじゃない　まともに暮らせない　でも性懲りもなく

逢い引きの日取りは　月末だけとし　暮らしを建て直し
一人で住んだの　そしてやって来ては
　ボンジュール！ 変わりない？
　この家は僕のさ　わかってるよね
驚きのあまり　我に返った
いたずらっ子ね　かわいい人なの

いつもいつも

恋に落ちた時はいつも
恋人に誓いを立てるわ
待ってた人はあなたよ　いつも一緒よ
でも愛ははかなく　指からこぼれる
けれど　いつもいつも　愛に燃えて

恋に落ちた時はいつも
過去の全てを水に流すわ
旅に出ましょう　フィレンツェとナポリ　ナポリとベニス
新しい気分で　互いを信じ合い
けれど　いつもいつも　愛に燃えて

愛と嘘(うそ)を重ね　恋に落ちる
先は知れてるのに　信じ込んでる
月夜の晩は　酔いしれて　気分も最高
互いに見つめ合い　愛をかわすの
でも愛と嘘は　隣合わせ

君が僕の初めての恋人だと
言ってほしくて　彼に誓いを立てさせるの
待ってた人は　あなたよ　いつも一緒よ
でも愛は　はかなく指から　こぼれる
　　　　初めての恋と　あなたは言うのね
　　　　信じてるわ　愛してるわ　初恋なのね
　　　　いつもいつも　いつもいつも　いつもなの

我が麗しき恋物語

愛の物語を　聞いてもらえますか？
うち明けておきたいの
初めての恋の　胸のときめき
今も覚えているわ
夢見る少女の　幼い恋は
十五の春のこと
真実の愛の　出逢いを信じていた
それはあなたへの愛

新しい恋を　探し求めて
私は旅に出たの
夏の花火のような　はかない恋を
何度も繰り返したわ
あなたの瞳に　赤く燃える炎は
不実それとも真実
恋多い女は　旅を続けるの
それはあなたへの愛

あてどもなく　歩いて来た　暗い夜の道をひとり
長く厳しい冬の夜は　堪えきれずに泣いていたわ

同じ道を何度　影を追いかけて
さまよったことでしょう
待ち続けた人に　逢えないかもしれない
絶望がおしよせる

でも春の日射しに　雪が溶けだして
希望が見えてきたの
辛いこの旅も　もうすぐ終わるでしょう
それはあなたへの愛

巡り来る季節を　一人で何度　迎えたことでしょう
あなたに逢えると　ただひたすら信じて　歩き続けたけれど
行き過ぎた恋に　自分を見失い　手ひどい心の痛手
でもこうして今　やっと逢えたのです　それはあなたへの愛

九月の夜に　あなたを見かけて　私はふと気づいたのです
探していたのは　あなただと　こんなに近くにいたのだと…

分かり合えるから　言葉はいらない
心も満たされて
これまでの旅路に　別れを告げる日が
ついにやってきたわ
愛の物語を　聞いてくれたのね
本当にありがとう
今の幸せを　もう放さないわ
二度となくしたりしない
この物語はこれで終わります
それはあなた方への愛

たかりや野郎

たかりやの男　言いふらすの
だけどうそっぱちよ　そんなことなんて
若いころは　貧しくて
水とパンの　こともあった
眠れない夜は　愛しあったよ
けれど彼のことは　覚えていない
ただ空しく　夢も見ずに
暮らしていた　若い日々よ

たかりやの男　言いふらすの
だけどうそっぱちよ　そんなことなんて
貸したお金も　返さないで
膝の上に　抱いたなんて
そんなことは　言うのよして
このたかりや野郎　たかりや野郎

たかりやの男　言いふらすの
だけどうそっぱちよ　そんなことなんて
若いころに　とある街で
知りあつたと　言ってるけど
今の私は　ご存知のように
とてもいいとこのマダムなのよ
愛想ふりまき　答えてるわ
あらまようこそ　いらっしゃいませ

たかりやの男　言いふらすの
だけどうそっぱちよ　そんなことなんて
彼の顔は　見たくないの
会ったことも　ほんとにないの
昨日は　あちらへと　明日は　そちらへと
遊び歩きながら　言いふらしてる
話を聞くと　頭に来るの
食べる物は　取ってないの
あげる物も　持ってないの
このたかりや野郎　たかりや野郎

たかりやの男　言いふらすの
だけどうそつぱちよ　そんなことなんて
若いころは　貧しくて
水とパンの　こともあった
眠れない夜は　愛しあったよ
けれど彼のことは　覚えてない
会ってみれば　わかるでしょう
本物なのか　そうじゃないか
わかるでしょう
わかるでしょう
このたかりや野郎　たかりや野郎

ブルーネットのレディ

ブルーネットのレディに　シャンソンを　月が出た夜に　作ったよ
いつか　わかる日が　来るだろう　彼女と僕の　愛の歌

ブルーネットのレディは　私よ　月が出た夜に　聞いたわ
運命の糸に　引かれて　私はここまで　来ました

ピエロにペンを借り　書いたよ　ギターでAの音が　取れたよ
節（ふし）は風を切って　走るよ　僕もう立派な　詩人さ

ピエロにペンを借り　書いたわ　ギターでAの音が　取れたわ
節は風を切って　走るわ　あなたはもう立派な　詩人ね

ブルーネットのレディに　ドレスを　夢うつつ着せて　あげたよ
暖かいベッドも　作ったよ　僕の手の中で　お休み

夢うつつ着せて　もらったわ　ブルーネットのレディは　私よ
月が出た夜に　歌ってね　どこへでも飛んで　行きます

ブルーネットのレディに　シャンソンを　月が出た夜に　作ったよ
いつかわかる日が　来るだろう　それは素晴らしい　愛の歌

ボンジュール　ブルーネットのレディは　私よ　歩き続け遂（つい）に　会えたわ
あなたの隣で　休むの　もう放さないと　誓ってね

ララ　ララララララー　ラララー　ララ　ララララララー　ラララー
ララ　ララララララー　ラララー　ララ　ララララララー　ラララー

口先だけで

口先でいいわ　言ってくだされば
一生懸命　聞きましょう
ゆっくり優しく　言って下されば
きっと　もっとよく　聞こえましょう

口先でいいわ　言ってくださるだけで
夢を追い続けて　行けるでしょう
耳元で甘く　愛をささやいて
いつか　夏の日の　太陽の下で

夜が濃くなるころ　見て　揺れるヨットを
踊る真白な帆　なんてきれい

口先だけで言う　いらいらさせられる
迷惑だわ　夢を見せて
暗闇でそっと　愛してると言って
そしてお願いだわ　もう黙ってね

今夜はいかがします　見て　揺れるヨットを
踊る真白な帆　なんてきれい

愛していますと　心から言うわ
一緒に夢を見て　生きてゆきましょう

黒い太陽

たわいない天気の話など　二度とあなたにしたくない
遥か明るい空の下　楽園の園へ　出掛けたの
今夜こそ連れて帰りたい　荒波に　異国のミュージック
幸せな歌に　笑い声　陽気な宴が開けそう
白い貝殻　小さな石　寄せては返す波の唄
真夏の炎は焼けついて　真夏に燃えつく太陽
試してみて信じてみたい　だけど待っていた　太陽は黒い
全て尽くした　信じて欲しいの　疲れ果てて　もうダメなの

気軽に生きると決め込んで　気の向くままに恋をした
ぼんやり過ごした時もある　キスとダンスで楽しんだ
ギターに合せ　バンジョー　弾き　モーツァルトなんか忘れたわ
これでいいのよとうなづいて　思い出引き下げ帰ったの
台風　濁流　なんのその　いつでもどこでも　でかけては
恋に命を燃やしたわ　人生は　本当に　素晴らしい
大地は裂けた　どこか遠くで　大地は裂けた　太陽は黒い
男は死んだ　はるか遠くで　男は死んだ　もうダメなの

運命なんか信じない　死亡　退屈　拒否したわ
おのれを信じろと言い聞かせ　人生も偶然も素晴らしい
どこでも連れて出掛けたわ　ブロンドの砂と赤い花
潮騒の音は子守歌　子供がどこかで召されたの
その時　太陽は黒くなった
弔いの鐘が　鳴り響いた　弔いの鐘が　鳴り響いた
全て終わり　もうダメなの

何一つ持って帰れない　心はボロボロ傷ついた
多くの人生出会う度に　お酒で苦しみ紛らわせ
只孤独だけがつきまとい　旅路の果ては空回り
この世に悲しみないところが　あるなら教えてほしいの
あなたの涙が消せるなら　どこでも一人ででかけてゆく
永遠の苦しみなくすため　明日にも旅にでかけましょう
試してみて信じてみたい　だけど疲れて　太陽は黒い
御免なさいね　帰ったばかりで　心が痛むの　もうダメなの
心が痛むの　もうダメなの　オーオーオー　オオオオー

私の仲間たち

誇りを持って　メ・ゾム　私の後に　メ・ゾム
足並み揃え　ついてくるのよ　はぐれないように　メ・ゾム　メ・ゾム
手招き一つで　メ・ゾム　私のところへ　来るの
決して離れない　自慢の人よ　笑顔がステキ　メ・ゾム

雲をつかむような　女だそうよ　たとえて言うなら　星と月
私の後に　必ずいるわ　驚いたって　無理はないわ
チュニジアからも　メ・ゾム　マルセーユからも　メ・ゾム
踊っているような　歩き方だって　気にならないわ　メ・ゾム
マダムはよして　メ・ゾム　呼んで欲しいの　パトロヌ
彼等は従う　私も従う　それはいいこと　メ・ゾム

愛が一杯で　メ・ゾム　守りは堅い　メ・ゾム
誰も入れない　彼等のものよ　時には殴る　メ・ゾム　メ・ゾム
見張り番に立つ　メ・ゾム　殺し屋になれる　メ・ゾム
私も負けず　目を光らせる　想い想われ　メ・ゾム

枯葉散る頃　メ・ゾム　寂しさつのり　メ・ゾム
無口になるの　ピアノの前で　甘くささやく　パトロヌ　パトロヌ
ピアノをひけば　メ・ゾム　涙を流し喜ぶ
けれど男は　旅に出たくて　気もそぞろなの　メ・ゾム

人恋しくて　メ・ゾム　夜のちまたに　飛び出すの
今夜だけでいい　僕の恋人になってくれないか　メ・ゾム　メ・ゾム
あれこれ言わず　メ・ゾム　ベッドを共に　メ・ゾム
何食わぬ顔で　夜のしじまに　雲がくれする　メ・ゾム
花束かかえ　メ・ゾム　朝帰りする　メ・ゾム
目を伏せたまま　ただひたすらに　許しをこうの　パトロヌ

永久の眠りは　メ・ゾム　静かな場所の　メ・ゾム
木陰がいいの　ゆっくり休む　あなたもやがて　メ・ゾム　メ・ゾム
泣くのは止めて　メ・ゾム　好みじゃないの　メ・ゾム
誇りを持って　歩き続けて　あなたが先よ　メ・ゾム

私の幼いころ

幼いころ　過ごした町へ来たのは　愚かだった
夕暮れの丘に映る　静かな影を　見たかったの
時が過ぎても　丘と木は　昔のままあったわ
追いすがる過去の声を　踏み消しながら
こめかみの痛みに堪え　歩きました
木の側(そば)に身を寄せ　懐かしい薫りに涙しました　あーあー

木に背中を預ければ　何故か力がみなぎるの
そして幼いころの　無邪気なわたしが　そこにいたわ
バラの花咲く　我が家を　日暮れ前にみたいの
お兄さんの声が　聞こえて来ます
ジャック　クロード　レジーヌ　ジャン　昨日(きのう)のように
かぐわしいサルビア　小径に咲くダリア
すべて懐かしい　あーあー

幸せだった子供時代を　あの戦争が壊した
家亡き子となった子供達　それも全て想い出
ああ　春と太陽　失なわれた日
素晴らしい十五よ　今はいずこ
実り多い九月の桑の実の薫り　皆同じ　あーあー
幼いころ　過ごした町へ来たのは愚かだった
想い出の中には　最悪なものもあるのだから

ああ！　お母さん　どこにいますか
大地に包まれ　眠ってるの
あなたにお目にかかり　お話したくて　戻ったのに　あーあー

何故戻ったの　迫り来る夜に　一人立ちすくむ私
何故戻ったの　苦しみ背負った　過去の場所へ
永久（とわ）に眠れ　幼いころ

恋をして

いつも浮かない　顔をしているのに
どうしてそんなに　浮き浮きしてるの
突然わけなく笑ったり
そわそわしたりして　どうしたの（あ！　わかった　恋をしてるのね）
Amoureuse　Amoureuse　Amoureuse
Tellemont　Amoureuse

普通の暮らしが　普通じゃなくなった
いつもの暮らしと　さよならしたのよ
生きてる意味が　わかったの
私には　恋人がいるのよ（そうよ　彼は　ここにいるわ）
Amoureuse　Amoureuse　Amoureuse
Tellemont　Amoureuse

恋の終わりは　突然来たの
恋は終わった　本当に終わった
彼はもう　戻って来ないの
つまらない暮らしが　また始まる（恋はもう　終わってしまったの）
Malreuse Malreuse Malreuse（悲しいわ）
Malreuse Malreuse Malreuse
Tellemont　Malreuse

大人しくなります

大人しくなる　大人しく
あなたの言葉に　素直になれるの
手・髪・唇にあなたが触れると　おお！とても大人しくなる
真昼には　干し草の褥(しとね)に横たわり
未亡人の黒い　ドレスなど気にせずに　少しも気にせず

優しくなる　優しく　あなたの言葉に　素直になれるの
首・腰・胴にあなたが触れると　おお！とても優しくなる
夕方には　干し草の　褥に横たわり
新婚の白い　ドレスなど気にせずに　少しも気にせず

綺麗になる　綺麗に　あなたの言葉に　素直になれるの
腰・胸・あそこにあなたが触れると　おお！とても綺麗になる
真夜中には　乱れた　ベッドに横たわり
恋人の赤い　ドレスなど気にせずに　少しも気にせず
大人しくなる　大人しく　優しくなる　優しく
綺麗になる　綺麗に

黒い鷲

ある日　泉のほとりで　少女は夢を見ていた
いつか　大きな影が　水面(みなも)をゆらし　降りてきたの
黒く輝く髪　赤く燃える瞳
気(け)高く　誇り高く　王者の鳥　黒い鷲よ

静かに私を見つめ　低くささやく声
「空の旅をするよ　雲を越えた　お日様まで
雨の中も飛ぶよ　星も取ってあげよう
願い事はすべて　思いのまま　叶えよう」と

「どうぞ連れて行って　広い肩に乗せて
空の旅をするわ雲を越えて　お日様まで
雨の中も飛んで　星も取ってみせて
願い事はすべて　思いのまま　叶えて下さい」

けれど鷲はなぜか　飛んで行った　どこかへ

ある日　泉のほとりで　少女は夢を見ていた
けれど時は流れ　あの鳥は飛んで来ない
黒く輝く髪　赤く燃える瞳
気高く　誇り高く　王者の鳥　黒い鷲よ

私も連れて行って　広い肩に乗せて
空も雲も越えて　雨の中も飛んで下さい
星も取ってみせて　願い事もすべて
la　la　la…　連れて行って　夢の世界
la　la　la…
王者の鳥　黒い鷲よ

一日が始まると

夜のとばりが　下りて濃くなると　あなたのしとねへ　忍び込むの
夜明けのまどろみ　やむころにはまた　胸ときめかせて　忍び寄るの
日の光が　薄く漏れて　愛の部屋に　忍びさすわ
ねえ見てみて　その窓から　朝日が見えて　とても綺麗よ

かわりばえのない　暮らしに追われて　自分自身さえ　見失うわ
相手を傷つけ　自分も苦しみ　痛手を負っても　生きてゆくわ
争(あらそ)っても　いつのまにか　許し合うの　二人の愛
素直だけど　わがままなの　でもあなたは　待ってくれる

夢見るまもなく　移りゆく季節　春　夏　秋　冬　なんて早いの
あの日のことなら　覚えているわよ　何気ないふりで　近寄ってきた
そして間もなく　敵のわなに　落ちてしまつた　私だった
素直だけど　わがままの　でも私は　待ってあげる

たそがれの影が　忍ぶこむころに　あなたは一人で　待ってるのね
聞こえるかしら　雨だれの音よ　生きているのね　私達

幸せよ私　二人きりの世界ね

かわしあう愛の　短いひととき　夢見るまに過ぎる　愛のはかなさ
夜は深く　すべてをおおい　闇夜はベールに　包まれてゆく
私に触れた　あなたの唇　重なる吐息(といき)　闇に消え　おやすみなさい
あなた

競　売

競売場の人込みの中に　落ちぶれ果てた女が一人
いとおしそうに宝石箱を　胸にかかえ佇んでいる
美しかった過去の面影が今もその姿に　残っている
でもその指は　ふしくれだって　光る物は何一つない

競売場の朝はいつでも　人の熱気に包まれている
並べられた数々の品は　競りにかけられ売りさばかれる
次に競りに出された品は　寝物語夜毎にかわした
愛しい人との愛の日々を　はぐくんで来た　思い出のベッド

「買います」と言う言葉が思わず　女の口からほとばしり出た
けれど競り合いの大声に　女の声はかき消された
激しくつのる惨めな思い　知らず知らず頬濡らす涙
瞳の奥に浮かんだのは　愛しい人あの人のこと

そして今わかったあの恋は　美しい時代の宝物
愛した人はあなただけよ　夢に見たのもあなただけよ
愛しい人よ許してください　私にはもう力がないの
思い出あふれる大事な品を　これ以上守っていけないのです

女が手に握りしめてる　古びた少しの札束は
失われた愛の証　愛しい人の愛の思い出
競売場を去る女の背に　さす光は心もとなく
輝いていた過去はどこに　終わりの鐘と　今日で消えゆく

怒（いか）り

あなたの息　激しく乱れて　真赤な炎を　胸に抱いて
地球が殻を　破るように　怒りを燃やし　爆発寸前
私はじっと　待っているのよ　待つ
あなたの大声は　しじまを突抜（つきぬ）け　時を止める　怒りの声よ
私の頬に　氷の微笑　おどしなんて　怖くないの
耐えに絶えて　耐えてじっと待つ

私は待つわ　じっと待ちましょう　あなたの息は　とても苦しそう
きっともうすぐ　あきらめるはずよ　そうよ　それまで待つわ
さあ　さあ　待ってた　チャンスが　ついにやって来た
お返しするの　こちらの番よ　素晴らしい贈り物　今から送る
私の怒り　そうとうなもんよ　もう許さない
新しい人生　一人で行くわ　二人の愛は　これっきりよ
終わり　終わり　終わり

遅すぎた愛

いくら悔やんでも　もう遅すぎるわ　今はあの人は　この世にはいない
彼が元気な時　愛してあげましたか　心の贈物　あげたのでしょうか
彼がいるとこは　光ない国で　中は冷たくて　暗い土の下

バラの花束を　また持つて行くの　いくら飾っても　もう戻らないわ
彼が元気な時　愛してあげましたか　言葉の贈物　あげたでしょうか
彼はあなたの　愛のささやきを
いつも心から　待っていたことでしょう

今は冷たい　土の下の彼は　鳥の鳴き声も　聞くことが出来ないの
秋の紅葉（もみじ）や　深い冬の森　海と夜の闇　二度と見られないの
つのる思い出に　胸も塞がれて　一人夕暮れに　流す悔し涙
トロタール　トロタール　トロタール　トロタール
遅い　遅い　遅い　遅い　遅すぎた

インディアン

黙って　聞こえない　見えない
あんたには　貸す耳なんか　持たないの　こっち見て
変わったでしょう

あんたはいい人　彼よりハンサムで　声もステキよ
目も優しくて　とても可愛い　でも駄目なの　私の気持ちは
変わらないの
あの日の天気は　良くなかつたのよ　変わったことなど
おきそうもなかつた
彼がこっち見て　笑った時に　胸がドキドキしだしたの
名前も　素性（すじょう）も　わからない　でもいいの
普通の人みたい　でも違うのよ　恋の予感が

一緒の時も　一人の時も　恋の炎を　燃やし待ってる
他の人を　愛したのは　彼を知らない　前のことよ
彼の真黒でサテンのように　輝く髪は　インディアンそっくり
大好きなの　残りの人生　彼と一緒に　暮らしたい
黙って　聞こえない　私は出てゆく
あんたが怒っても　好きよ　インディアンヘアーが好きよ
どこにいても好きよ
恋の予感が　したのよ　恋の予感が　したのよ

あんたはいい人　彼よりハンサムで　声もステキよ

目は優しくて　とても可愛い　でも駄目なの　私の気持ちは

変わらないの

インディアンそっくりな彼のせいなの　死ぬほど好きよ

大好きなのよ

一緒の時も　一人の時も　ジュ・レイム

いつもいるの　いつもいるの　そうよそうなのよ　そうよそうよ

一緒の時も　一人の時も　いるの　いるのよ　いるのいるのよ

何も話さない　何も聞こえない　何も見えない　何も要らない

イル　イル　イル　イル　イル　イル　イル　ジュ・レイム

ウィーンにて

あなたを離れてウイーンにいます
これが最後のチャンスと思い　手紙を書きます
ウィーンの秋が美しいことを　わかっていて
私は一人ウィーンに来ています
夢うつつ歩き　聞こえる三拍子　踊る二つの影帽子
ウィーンは美しいわ
すれ違いの手紙　でも来てほしくないの　一人と自由が好き
平気よ　あなたがいなくても
オーストリアの婦人の館を借りました
部屋を色どる　赤と黄色のカーテン　窓越しにみえる美しい教会
夜のとばりが色濃くなるころ　パノラマが開くわ
ウィーンは本当にきれい

ウィーン暮らしも早一週間　偶然かしら
ある晩街で友達に会ったわ
あれこれ検索はしなかったけれども
一人でいる私を見てとまどっていたわ
私は散歩します　とても心地良いの
ラララ　ラララララ　ラララララ
心地良いんでしょう

時の流れるまま　一人で住むウィーン
多分　私はかやの外に　おかれたのでしょう
読み－書きのくり返し　秋の夜は長いわ
一人寝の寂しさに襲(おそ)われて　枕を濡らしたわ　ウィーンの夜は長い

ウィーンにいらしてと　手紙を書きます
黙って去った私のこと　許して下さい
パリとの距離は　かなりあるけれど
目に見えない糸で　二人は結ばれていたわ
今夜の十二時に　あなた迎えに来て
胸に飛び込み　秋の夜長を　あなたと過ごしたい
ステキなウィーンで　あなたとウィーンにて

アブサン

水がわりに　アブサンを飲む
一人はベルレーヌ　そしてランボー　詩を書くのに　水じゃ駄目よ
ベルレーヌでも　ランボーでもないあなた
けれどジュテームという　あなたが好き
ベルレーヌより　ランボーより

でも雨の日の　街に流れる　愛のシャンソンを　聴くのが好きよ
何度も聴くわ　悲しい時も　ヴァイオリンも　聴いていたいの
何度も聴くわ　この船のように　酔いしれているの
愛し合い　死にゆく歌を　悲しみぬぐう　いやしの歌を

水がわりに　アブサンを飲む
一人はベルレーヌ　そしてランボー　詩を書くのに　水じゃ駄目よ
ジュテームは　ふたつの言葉で　すんでしまう
長い話はもう　終わりにするわ
好きだったベルレーヌ　そしてランボー
悲しみさそい　酔わせてしまう　この金色の　アルコールをもっと
飲んでみたいの　飲ませてください　うさをもたらし　血に流れる
金色のアルコール　ほら！酔ったでしょう

私は酔って　あなたの船に　死ぬほどあなたを　愛してるわ
酒に飲まれ　霧の中に　カーテンに浮く　花を見てる
何のなげきか　次から次へ　すすり泣いて
押し寄せてくる　冷たい風に　聞こえてるのは
セーヌの底で　凍え死んでる　亡者（もうじゃ）の声

絶えず続く心の痛み　二人を酔わせ　船はさまよう
沈み一緒に　葬ってくれ
水がわりに　アブサンを飲む　ジュテーム　ジュテーム
愛してます　ベルレーヌより　ランボーより

息子へ

かわいい息子よ　いとしい息子よ
お前は宝　もう一人の私
たとえこの世に　終わりがきても
神様にさえ　壊せないこの愛
　　人生半ば過ぎ　限りある日々を　一人歩く秋の道
　　何も望みはなく　過ぎし日を思い　むなしく生きていたけど
　　偶然　輝きだした　心の太陽　それがお前だった

かわいい息子よ　いとしい息子よ
出来ないことも　かなえてくれる
春の喜び　装いながら
二十歳の春は　希望の光
　　親子の愛ほど　確かなものはない　与えるだけの愛
　　何も求めない　いるだけで嬉しい　心で結ばれている
　　お前の瞳は語る　共に生きよう　これからもずっと

これまで二十年　喜びも悲しみも
いつも二人で　分かち合ったけれど
二十歳の春が　訪れた今
ついにやってきた　旅立ちの日が
　お前と過ごした　あふれる思い出　走馬燈のように
　支度をしましょう　さあ飛び出しなさい　見果てぬ大空に
　私はこの道を　ゆっくり行きます　気遣いはいりません

さよなら息子よ　今日は旅立ち　愛ゆえの別れ　見送る私
希望の空へ　夢かなう日まで
さよなら　息子よ　私の息子よ
さよなら　息子よ　私の息子よ

春

海の水は　温み出し
鳥たちは　木々に飛び
雪山は溶け出して
りんごの花は　咲き誇り
戻ってきた　太陽よ

冬の夜は　辛いものよ
あなたの目に　やっと微笑みが
闇に閉ざされた　心晴れやかじゃない日はもう　おわかれなのよ

私たちの春は　いつも同じ春よ
私たちの春は　希望に満ちた春よ
私たちの春は　待ちに待った春よ
私たちの春は　喜びの春よ

ペルランパンパン…平和を夢見て

戦争はするな　誰が　何時　何故　どうやってしたのだ
どこから来たのだ　呼んだのは誰だ　もうやめてくれ
戦争はするな　誰が　何時　何故　どうやってしたのだ
山に沈む太陽を見る　楽しみを奪わないで
戦争になれば　泣かされるのは　いつも子供等だ
か弱き子供に　空から血の雨　降らさないでくれ
子供は決して　戦争の相手なんかじゃ　ないのだから
いたいけな子供等が　負うべき罪は　何もないだろう

＊戦争はするな　誰が　何時　何故　どうやってしたのだ
暮らしは貧しく　日々の糧(かて)に欠き　ひもじさ増して
バチニヨル公園の　タンポポは枯れ　見る花とてない
あなたと散歩する　楽しみさえも　奪われてしまう
戦争はするな　多くの者が　命落としてる
彼等のためにも　戦争はしないと　誓ってくれ
野に咲く花より　より強くなれ　心高く持て
明日の平和を夢見て　あなたと歩いてゆきたい

＊繰り返し

生きよう　生きよう　熱い愛で　戦争を無くそう　熱い心
生きよう　生きよう　熱い愛で　戦争を無くそう　熱い心
気高い心で　熱い愛を　全て　あなたに
生きよう　生きよう　熱い愛で　生きよう　生きよう　熱い愛で
気高い心で　熱い愛を　全て　あなたに

いつか戻り来る人

あれから随分　月日が流れたね
いつでもチャンスは　たくさんあったのに
二人の時は　通り過ぎた　心がわりは　しないよね
こちらは雨　そちらはどう　結婚はいつ　出来るのだろう
一緒には　暮らせないの　いつまで　待てばいいの
寂しさのあまり　遊んだよ　甘い香り　匂わせてさ
だけど僕は　孤独さ　眠れない夜は　こう思うんだ
君は他の人と　遊んでいるね　それは退屈しのぎに　なってるかい
冬の夜はわびしいよ　君の電話を　待っているよ
うまくいった　話だけするね　まずい話は　避けてるよね
隠し事は　無しにしよう　気持ちに　素直になろうよ
僕の全ては　君のものだよ　戻って来るね　信じているよ
夢に見てる　愛の暮らしを　待っているよ

あれから　月日が流れて　いつでもチャンスは　あったのに
時間だけが　通り過ぎた　心がわりは　してないわ
こちらは雨　そちらはどうなの　結婚はいつなの　出来るんでしょう
一緒には　暮らせないの　いつまで待てばいいの
寂しさのあまり　遊んだわ
甘い香り　匂わせて　だけど私は　孤独なのよ
ほんとにそうよ　冬の夜の　一人寝は　わびしいものだわ

あれから　月日は流れて　いつでもチャンスは　あったのに
時間だけが　通り過ぎた　心がわりはしてないわ
うまくいつた　話だけするわ　まずい話は　避けてるわ
隠し事は　無しにしましょう
私の全ては　あなたのものよ　戻って来るわね　信じているわ
夢に見てる　愛の暮らしを　待っているわ　二人の世界

マリエンバード

大きな城の庭の池で　一羽のおしゃれな黒鳥（こくちょう）が
描（か）いている模様はアラベスク　休み知らずの噴水の水
お日さまの神アポロン様は　人待ち顔（かお）して立ってるの
忘れられない　オパールの瞳　遥かな街　あのマリエンバード
どこにいるの　オパールの瞳　遥かな街　あのマリエンバード

羽のストールしていた私　お日さまのもとで踊るあなた
あの素晴らしい良き時代の　インカの神様にうりふたつ
あなたを愛して片思い　オッフェリアは私のことなの

忘れられない　遠い日のこと　遥かな街　あのマリエンバード
どこにいるの　いつも歌ってた　遥かな街　あのマリエンバード

大きな城の　庭は暗い　妖精が好きな暗闇で
お休みしてる魔法使い　私は何故か鬼ばばなの
あなたの好みに合わなくて　見事に振られてしまったの

忘れられない　病気もしたわ　遥かな街　あのマリエンバード
どこにいるの　オパールの瞳　遥かな街　あのマリエンバード

もう一度　あなたに会いたいわ　四方山話（よもやまばなし）などしましょうね
暮らしはだいぶ変わったけど　思いは今も変わらないの
羽のストールや手袋や　指輪も大事に持ってるの

行ってみたいの　オパールの城へ　愛してるの　あのマリエンバード
もう一度だけ　ダンスをしましょう　オパールの瞳
あのマリエンバード
忘れられない　オパールの瞳　あのマリエンバード
あのマリエンバード
いつかえるの　オパールの城へ　あのマリエンバード
あのマリエンバード

ジュ・テーム

海の断崖の　風より激しく　雪山を照らす　朝日よりまぶしく
やまいの床の　熱より苦しく　ハープをかなでる　天使より優しく
台風の前の　凪（なぎ）より穏かに　海ぞここに眠る　いるかより密（ひそ）やかに
たそがれの空の　夕日よりおごそかに　天に舞いあがる　わしよりおおらかに
ジュ　テーム

女が好む　ダイヤよりかたく　谷間に落ちる　雪崩（なだれ）より強く
地震で裂けた　大地より深く　君をこんなに　愛している
親とはぐれた　小鳥のように　自分を失い　揺れ動いてる君
消え行く命を　取り戻すため　過去を焼きすて　新たに生きよう　僕と
ジュ　テーム

夕立の後の　虹より鮮やかに　天にも轟（とどろ）く　雷より高らかに
喝采を浴びる　勇士より誇らしげに　罪びとが歌う　祈りより一途（いちず）に
嵐に進む　小船より勇かんに　あなたはこんなに愛してくれる
災いを防ぐ　番犬より確かに　あなたはこんなに愛してくれる
愛してくれる

海の断崖の　風より激しく　雪やまを照らす　朝日よりまぶしく
やまいの床の　熱より苦しく　ハープをかなでる　天使より優しく

激しい風より　まぶしい朝日より　苦しい熱より　優しい天使より
こんなに　こんなに　愛してる　ジュ　テーム
こんなに　こんなに　愛されてる　チュ　メーム
こんなに　こんなに　愛してる　ジュ　テーム
こんなに　こんなに　愛されてる　チュ　メーム

不慣れな農夫

性格なんて　めちゃくちゃなの　泣いて笑って　結構忙しい
わけなんて　どうでもいいわ　大好きなの　こんな私でも
悲しみだって　幸せだって　この手の中　握っているわ
人のことは　気にしないのよ　浮き沈みは　つきものなの
不慣れな農夫が　きれいな花を　咲かせたい時
肥えた土が　要ります

プライバシーは　触れないでね　ピアノの歌　良く聞いて
隠しごとや　私のことが　分かるでしょう　良く聞いてれば
人の指図は　受けたくないの　好きにするわ　どこにいようと
恋人だって　何だってつかむ　わけは特に　ないけれども
月のピエロが　素敵な歌を　作ってみても
どなたも聞きませんよ
お節介よして　あまり聞かないで
自分で決めるわ　命令しないで

いつの日にか　花を咲かせて
あなたのため　お返しが出来るでしょう
その時には　遊びにいらして
一生懸命土を耕し　育てた
美しい花　あなたにあげよう
愛の花と　愛の歌の　全てを　あなたに

ムッシュ・カポネ

親愛なるベアトリス様
今月二十六日付けのお手紙　拝見いたしました。あなた様からご依頼の
お嬢様エチェント様の　ご結婚相手の方を　お調べしましたところ
次のことがわかりましたので　お知らせ申し上げます

彼はやり手で　会社をいくつも持っている
会社の名義は宗教法人である
飲んでる酒は　バーボンウイスキーで
それは裏庭で作られる密造清酒である
住まいにもどこか怪しげな様子が見られ
そこの女達は皆品が悪そうである
話してることは金や武器のことが多く
女達はたんかを切るような話し方をする
　　変な感じ　変な男　その人の名は　ムッシュ　カポネ

あちこちにたくさん　土地を持っている
たとえ町には遠くても　利用価値がある
土は黒いので　出来高が高い
けれども　人に隠れて　何かを作っている
山の畑で　花は毎朝泣いている　その花の名は　けしと言う名である
花は金の卵をたんと生んでいる　とに角　彼は金の亡者である
　　なるほど　なるほど　変なとれもの　変な男　その人の名は
　　ムッシュ・カポネ

彼がやり手であるということは　誰もが認めている
従って世間様では　このようにおっしゃるでしょう
とても良さそうなお話でして　幸せな暮らしが　約束されそうですね　と
でも　これだけは問題外である　つまり彼には　隠し妻がいるのである
女は黒い服を着て　顔を隠している
近所でも評判の　こわもての奥様である
　　　変な女　変な男　その人の名は　ムッシュ・カポネ

彼はやり手で　会社をいくつも持っている
あちこちにたくさん土地を持っている
人に隠れて何かを作っている　隠し妻がいる　女は黒い服を着ている
彼がやり手なことは　誰もが認めている
　　　でも彼には　隠し事がある　隠し事がある　隠し事がある

ラ・ミュージック

覚えているかしら　あの秋の夜を
あなたに贈った　ステキなシャンソンを
言葉は忘れても　節は覚えているの
ラ・ミュジック　ラ・ミュジック
ラ・ミュジック　忘れられないの

あの頃の人は　誰も来ません
昔泳いでた　川では泳げない
並木道の木々も　跡形もないの　好きなものは　何もない
あーミュジック　モナムール　あのミュジック
秋の夜の歌は　とてもいい歌だった
僕の歌だと　言ってたわね
あなたの心を　暖めてますか

一人遠くで　暮らしてたあなた
寂しかったでしょう　悲しかったでしょう
どうしても　会えない二人だったので
わたしの歌声を　聞いていたのでしょう
あーミュジック　モナムール　あのミュジック
秋の夜の歌は　とてもいい歌だった
僕の歌だと　言ってたわね
あの歌は　そうよ　二人だけのもの

お別れの前に　約束したわね　命ある限り　愛がある限り
一人想う時　聞こえて来るでしょう
美しい夜の　二人の愛の歌
あーミュジック　モナムール　あのミュジック
あなたに贈った　秋の夜の歌が　暖かく　いつまでも
心に灯を　ともし続けます様に
あーミュジック　モナムール　あのミュジック
あなたに贈った　秋の夜の歌が　暖かく　いつまでも
心に灯を　ともし続けます様に　祈るの

秋になります

秋は密やかに　忍び訪れる　木の葉は落ちて　空は茜（あかね）色
庭の木立を　赤く染めて　秋のもやは赤錆び色
あなたの髪を　ふと思い出す　十一月の夜
何か奇跡が　奇跡が起きるのよ　秋よ　秋よ

菊薫る秋は　何故かむなしいの　涙にむせぶ　くすんだ空の下
駅からの道を　毎年通うの　おもいに耽り　たどる道しるべ
多くの人が眠る　この道のりは　寄る年波に　身にこたえるの
むなしさがつのる　秋は何故か　空しい　秋よ　秋よ

りんご実る秋　詩も書く秋　栗の実の秋　拾い　ポケットに
御覧　あのマロニエに　止まる小鳥を
こまどりは飛んで来た　公園の庭に
雲を突抜けて　日の光浴びて　どこから飛んで来たの
十一月の子供は　不思議に思う　そしてわかる
それは贈物　もみじを拾い　ポケットに入れる
秋は何て素晴らしい　秋よ　秋よ

秋は密やかに　忍び寄る　木の葉は落ちて　十一月の夜は
何か奇跡が　奇跡が　モナムール

ラムール・マジシャン

あなた　お別れね　恋はもう　終わったわ
いくら　探しても　あの日の　私はもう　いないのよ
そんな　顔をして　見ないでね　辛くなる　だけだもの
しおれた　バラの花は　まるで今の　私だもの

でもいつかきつと　私の処へ
戻ってくると　わかっていた信じていた
長い指澄んだ瞳　優しい愛撫は　Oh…
マジシャン　マジシャン　私の太陽
見つめ合うだけで　幸せだった
マジシャン　マジシャン　愛しているのよ

でももう　遅すぎるわ
花は枯れ　色あせたのよ
あなたは　まだ若いわ
きっとまた恋を　するでしょう

恋は　いつでも　突然に　訪れるものよ
でも　こんなに　愛したのは　あなただけだった
アー　花は枯れ　人生の幕を下ろすわ
さあ　もう行きなさい　アムール・マジシャン　振り向かずに
あなたに　この言葉を　贈りましょう
アムール・マジシャン　愛していた　最後の恋

ひとり

昼も　夜も　夜明けが来ても
寒くても　雨の日も　とても虚しくても
真っ暗闇でも　遠くにいても
地の果てにいても　別れの時も
道を閉ざされ　行き止まりでも
夢やぶれても

昼も　夜も　夜明けが来ても
寒くても　雨の日も　とても虚しくても
夢やぶれても　病に倒れても
天に召されても　私はひとり
土に還っても　私はひとり

理由（わけ）もなく

あふれる光受け　あなたは生きているわ
雪が降りしきる夜は　そばにいて欲しいの
目がさめきらぬまぶたに　降り注ぐ朝霧よ
なぜかむなしさに襲われ　心はガラスのようよ
寒さが痛く身にしみ　あなたに寄り添ってみた
まあ不思議なことがあるのね　全ては解決よ
七月も十二月も　どうってことないわ
季節がいつだなんて　気にもしないわ　わけもなく
うまくやってこれたわけなら　自然体のせいだわ
あふれる光受け　あなたは生きているわ
さあ　助け合い仲睦まじく　時の流れのままに
手を取り合い仲よく　気の向くままに生きるわ
わけもなく　わけもなく　わけもなく

坊やは

坊やは　坊やは　あなたにそっくりね
どことは　すぐには　言えないのだけれど
優しい笑顔か　可愛いあんよか　私には少しも似てないの

どちらに　似てようと　いいことにしようと　話した日のことを
覚えてるでしょうか　あなたに　うりふたつの　可愛い坊やを
抱く夢を何度見たことでしょう
父親の望みは　医者が弁護士なの　この世に生まれる前から
親は子に　未来を託すわ
私の望みは　牧師に　庭師に　ミュージシャン
小さな手で君は　ピアノをうまくひいてるね

おもちゃに　公園に　お船に　宝船も　君の欲しいものはみんな
きっとかなえてあげましょう
この子の幸せの邪魔をするものは神様でも
決して許さないわ　私の大事な坊やなの

大きな雪だるまを　作ろうね　北のノルーウェーへ　旅にでましょう

坊やは　坊やは　彼女にそっくりね　どことは　すぐには
言えないのだけれど
優しい笑顔か　可愛いあんよか　私には少しも似てないの

坊やは　坊やは　こっちを見てるわ　はずかしそうに　困った顔して
腕を伸ばし　だっこをせがんでいるのよ　坊やは大好きよ
けれども　私には　少しも似てないのよ

ごらん

ごらん　何かいいこと　きっとありそうな　予感がする
ごらん　あの大空を　雲間に覗く　きらめく光
彼はバラをかざし　明るい未来　胸に秘めて
子供達は　手を取り合い　微笑みかわし　足取り軽く
ごらん　祭りのタイコ　おとぎ話に　出て来るでしょう
ごらん　涙なんか　早くぬぐって　さあ踊りましょう
ごらん　遅くなんかない　今からだって　ほんとのことを
ごらん　夢を捨てないで　花開く時　きっと来るでしょう
あの人　花束手に　明日を信じ　歩いてゆく
一人　いいえ違う　一緒に歩む　多くの仲間
ごらん　愛し合いたい　話し合いたい　あなたと共に
ごらん　あの広場で　また会いましょう　祭りの日には
今夜　何かいいこと　きっとありそうな　予感がする
ごらん　あなたのバラ　すぐ咲くでしょう　湧き上がる希望

撃たないで

ダメよ　撃っちゃ　映画じゃないの
危ないわ　よして　遊びじゃ　ないのよ
ダメよ　やめて　スター気取り　したって
ゲームは　ここまでよ　一生を　棒にふる気
泥棒は　怖いわ　でもすぐに　つかまるわ
さあ　さあ　目を覚まして　撃たれるのは　あんたよ
盗みは　たいしたことない　撃ったら　おしまいよ
監獄ぐらしは　みじめな　もんよ

ガンを　こっちへ　映画じゃあ　ないの
寄越しさえ　すりゃいいの　悪いように　しないわ
おまわりや　やじうまが　くりだしだよ　夜中に
人騒がせね　友達　隣の人　みんな来てるよ
お父さんも　お兄さんも　心配　してるよ
望みは何　言いなさい　さらしものに　なりたいの
ダメよ　撃っちゃ　終わりに　するの
捨てて　寄越して　やめなさい　やめて

ミモザの島

あなたをいつも　探していたわ　今からだって　遅くはないわ
ピアノなんか止めて　あなたと生きて行くの
残りの人生を　ミモザの島で
野をかける二頭の馬　空に舞う　つがいの鳥よ
横に並ぶ　二本の川よ
真直ぐに　伸びる草よ　年老いて　背中を丸め
美味しい水を共に飲もう

あなたはいつも　探していたわ　今からだって遅くはないわ
お酒なんかやめて　私と生きていくの
残りの人生を　ミモザの島で
誇り高き大聖堂　空と星を側で眺めよう
北のオーロラの謎を解こう
これから時間は　たくさんあるわ　そんなに急いで行かなくても

あなたをいつも　探していたわ　今からだって　遅くはないわ
新しい人生を　あなたと生きるの　命の限り　ミモザの島で
オー新しい人生を　ともに歩んで行くわ
二人の愛の　ミモザの島で

タンゴ　インディゴ

互いの瞳に　激しく散った　恋の火花よ
死ぬほど　愛してる　青い夜が　好き
タバコを揺らしながら　私をみつめ言った
僕は幸せさ　青い夜が好き

タンゴ　タンゴ　インディゴ　ブルータンゴ　コントラタポ
逃亡者のように　世間に隠れ暮らす
　　どう言ったらいいの　とにかくばかげた話なの
　　ブロンドの殺し屋が　リリーパッションに会ったわ
　　祭りの日の　大道芸人の　バンドネオンの瞳は　緑色だった
　　緑色は嫌いよ　と私は言ったわ
　　そしたら彼はこう言ったの　こんな素晴らしい歌を初めて聞いた

タンゴ　タンゴ　インディゴ　ブルータンゴ　コントラタボ
タンゴ　タンゴ　インディゴ　ブルータンゴ　コントラタボ
生きるよ　燃える火の山に　地球は回る　ガラスのボールよ
夜毎に変わり行く　でも愛の日は　永久に燃えるの
　　心配しないで　君の行く所なら　どこへでも付いて行くよ
　　と彼は言ったわ

互いの瞳に　激しく散った　恋の火花よ

死ぬほど愛してる　青い夜が　好き

　　さあ　みんな　見てるわ　さあ　踊りましょう　一度だけでいいわ

　　さあ　さあ

青く　透き通った　あなたの瞳みつめ　私はスターよ　胸に抱かれて

タンゴ　タンゴ　インディゴ　ブルータンゴ　コントラタポ

タンゴ　タンゴ　インディゴ　ブルータンゴ　コントラタポ

タンゴ　タンゴ　タンゴ　インディゴ　タンゴ　タンゴ　ウー

ブルータンゴ　ウー

タンゴ　タンゴ　インディゴ　ブルータンゴ　コントラタポ

タンゴ　タンゴ　インディゴ　ブルータンゴ　コントラタポ

タンゴ　タンゴ　インディゴ　タンゴ　インディゴ

タンゴ　タンゴ　オー　タンゴ　インディゴ　タンゴ　タンゴ

エイズに死す

命がけで愛し合い
闘った　エイズの日々
召されたの　罰を受け
愛に生き　愛に死す

　　愛の病い　死神の病い
　　愛の病い　危険な病
　　hm…死に追いやった
　　犯人を捜し出せ

愛と死の　その間で
苦しんだ　エイズの日々
永遠に愛したい
でも　やがて　その日は来る

　　愛の病い　死神の病い
　　あちこちと　逃げ回る
　　hm…死に追いやった
　　犯人を捜し出せ

愛ゆえに　愛に生き
誇り高く　愛に死す
病いには　負けたけど
後悔は　決してしない

　　命がけで　愛し合い
　　闘った　エイズの日々
　　召されたの　罰を受け
　　愛に生き　愛に死す

黒いピアノ

逝かせて欲しいの　真黒なピアノと
ドレミファソラシド
馬鹿ばかりを　してたと
しっかり墓石（はかいし）に刻んで
ドレミファソラシド
水に浮かべ　河に流して
小川でもいいわ
ドレミファソラシド

逝かせて欲しいの
漂うピアノと　小鳥も一緒に
ドレミファソラシド
ゆっくり休みましょう　ゆっくり休みましょう
私が逝った後は

十一月の若者

肩で風切り若者は　遠くからかけつけて来るよ

川を渡り　山を越えて　昼も夜も休まずかける

渡り鳥の列のように　羊の群れのように

御覧なさい　若者等は　怒りも荒々しく　突き進む

高き理想　胸に秘めて　無言の抵抗　示してる

一人は　みんなのために　みんなは　一人のためを思い

何て素晴らしい　若者等よ　皆んな同じ　でも違う

胸に輝く　朝日を浴びながら　遥か国境越え　みんなかけてくる

肩で風切り　若者は　遠くから　やって来る

何て素晴らしい　若者等よ　希望を胸に　抱きながら

さあ　進め　さあ進め　歌を歌いながら行く　十一月の若者

歌を歌いながら　家路に向かう　若者

一人はみんなのため　みんなは一人のために

何て素晴らしい　若者等よ

若者よ　十一月の　素晴らしい　若者よ

夜間飛行

世界の果てのエアポート　飛行機は遅れ　待たされ　ウンザリ

子供は暇つぶしに　蛙飛び
変なパイロット　参ったわ　墜落なの　どうなってんの
変な坊や　変なメガネ　変な帽子　変な気分　飛行機　離陸

パリ行きの夜間飛行　あなたのもとへ飛ぶわ
世界の果てから果てへ　ねえ聞いて

変な声が近くでするのよ　見てるわ　愛想笑(あいそわら)い浮かべ
変な感じ　予感　目まいが　飛ぶわ

愛の夜間飛行　喜び勇み飛ぶわ
人生も一緒に乗せ飛ぶわ　海原(うなばら)のジャンボは美しい

命の綱を握る　雲の上の全ての支配者
空を捕り　星まで捕る　夜も夜明けも

雪山に降る　雨さえも　欲しいもものは　全て手にするわ
人生の全てを　この一夜(いちや)の便で得たわ

美しい　美しい　この愛　これぞ愛　愛は全て美しい
生きる　生きる　全てを　全てを互いに分かち合い
一夜の夜の便で　全ての人生を

夜間飛行　夜間飛行　夜間飛行

陽はまた昇る

恋に破れて　友に裏切られ　打ちのめされても
自由はなく　気力も失せ　一人ぼっちでも
病気で倒れ　助けがいるのに
他人のことと　知らん顔されても
夜明けは来るさ　いつも　陽はまた昇る
夜明けが見れなくても　希望の陽はまた昇る

愚かな大人達が　いくさを引き起こしても
血の雨が　空からザーッと　降ってきても
子供に銃を向ける　卑怯者（ひきょうもの）がいても
心の傷が　癒せなくても
夜明けは来るさ　いつも　陽はまた昇る
夜明けが見れなくても　希望の陽はまた昇る

川の流れには　逆らわず行こう
時には　怒るの　いいでしょう
万事（ばんじ）休すと　思っても　いつもと同じ
陽は昇る　陽は昇る　陽はまた昇る
夜明けは来るさ　静かに　陽は昇る
明日に夢託して　希望の陽はまた昇る

もうすぐ夜明けは来る　希望の陽はまた昇る
もうすぐ夜明けは来る　希望の陽はまた昇る
希望の陽はまた昇る　希望の陽はまた昇る
アンコール　アンコール　アンコール　アンコール　アンコール
希望の陽はまた昇る　希望の陽はまた昇る
アンコール　アンコール　アンコール　アンコール　アンコール

INDEX

原曲タイトル(アイウエオ順)	頁数	作詞者	作曲者
十一月の若者	88	Barbara	Barbara
サンタマンの森で	19	Barbara	Barbara
ジュ・テーム	70	F.Wertheimer	Barbara
たかりや野郎	38	Barbara	Barbara
脱 帽	6	Barbara	Barbara
タンゴ・インディゴ	84	Barbara	Barbara
ト ワ	28	Barbara	Barbara
ナント	12	Barbara	Barbara
八月十五日 パリ	23	Barbara	Barbara
春	64	Barbara	P. Eluard
陽はまた昇る	90	Barbara	P. Eluard
ひとり	78	Barbara	Barbara
ピエール	15	Barbara	Barbara
不慣れな農夫	71	F.Wertheimer	Barbara
ブルーネットのレディ	40	G.Moustaki/Barbara	G.Moustaki/Barbara
ペルランパンパン…平和を夢見て	65	Barbara	Barbara
坊やは	80	F.Wertheimer	Barbara
マリエンバード	68	F.Wertheimer	Barbara
ミモザの島	83	L.Plamondon	Barbara
息子へ	62	Barbara	Barbara
ムッシュ・カポネ	72	F.Wertheimer	Barbara
夜間飛行	89	Barbara	Barbara
ラ・ミュージック	74	Barbara	R.Forlani
ラムール・マジシャン	77	Barbara	Barbara
リオン駅	22	Barbara	Barbara
リラの季節	8	Barbara	Barbara
我が麗しき恋物語	36	Barbara	Barbara
理由(わけ)もなく	79	Barbara/M.Colmbier	Barbara
私の幼いころ	46	Barbara	Barbara
私の仲間たち	44	Barbara	Barbara

千葉美月（ちば みつき）

慶応大学文学部卒。
日本語教師を経て、四十代半ばよりシャンソンに魅せられ、歌を堀内環氏に師事。'97年「バルバラに恋して」、'98年「バルバラに捧ぐ」、'99年「バルバラを偲んで」と自らの訳詞で三度コンサートを催した後、同年12月赤坂の地に「サロン・ド・ミュージック・バルバラ」を開店、主幹となる。
Chiba Mitsuki Chante BarbaraのCDをリリース。
'02年6月パリ20区　Salle de mariagesで「バルバラを唄う会」に唯一日本人として参加。バルバラ友の会名誉会員。
'02年7月よりサロン・ド・ミュージック・バルバラの歌手を中心に千葉美月の訳詞でバルバラを唄う「Chantons Barbara」の会を展開している。
'03年訳詞集『バルバラ五十集』、'04年『バルバラ六十集』を出版。
'04年よりチバエンタープライズの代表としてフランスより海外アーチストの招聘を開始。サロン・ド・ミュージック・バルバラの出演歌手の協力の下、サントリー大ホール、Bunkamuraオーチャードホール等にて「ヌーヴォー巴里祭」を開催、高い評価を得る。

【日本への招聘】

'04年　マリー＝ポール・ベル
'05年　ザニボニ
'06年　ヴェルムーラン
'07年　マリー＝ポール・ベル
'08年　シャルル・デュモン
'09年　ダニー・ブリアン
'10年　イヴ・デュテイユ
'12年　ジュリエット
'13年　パトリシア・カーズ
'14年　アリス・ドナ
'15年　ジュリアン・ドレ

【フランス　パリ公演】

'07年11月　バルバラ没十周年メモリーコンサート　(Salla Gaveau)
'10年 4月　シャンソン&シャンパンコンサートツアー　(Les Sentiar des Halles)

'16年11月24日『バルバラへのオマージュ 増補版 千葉美月訳詞集』を出版

サロン・ド・ミュージック・バルバラ

http://www.mcbarbara.jp
〒 107-0052 東京都港区赤坂 3-21-5 三銀ビル 606
TEL：03-3586-4484

歌う歓び、生きるよろこび
バルバラへのオマージュ
増補版 千葉 美月 訳詞集

2016 年 11 月 24 日　初版第 1 刷発行

著　者　　千葉　美月
発行所　　㈱アーバンプロ出版センター

〒 182-0006 東京都調布市菊野台 2-23-3-501
TEL 042-489-8838　FAX 042-489-8968
http://www.urban-pro.com　振替 00190-2-189820

DTP・装丁　㈱アーバンプロ
印刷・製本　シナノ

 Printed in Japan ISBN9784899812630 C0076